CW00507550

Titolo originale
E all'America mi "ndi vaiu
La sorti mea vogghiu cangiari

Gennaio 2023 Antonio Mauro

Realizzazione grafica e digitale
Luigi Luigiano

Fotografie
Antonio Mauro

ANTONIO MAURO

E ALL'AMERICA MI "NDI VAIU

La sorti mea vogghiu cangiari

INDICE

PRESENTAZIONE

La vita sulla terra è una scuola dove si possono imparare le lezioni che servono per progredire in itinere. Ma non tutti hanno lo stesso profitto. Istanti rispetto all'eternità, sufficienti per raggiungere vette elevate o per sprofondare in profonde voragine di degrado.

Occorre saper osservare, analizzare, confrontare, sintetizzare, rapportarsi con il contingente, fare delle scelte, misurarsi con la variabilità e mutevolezza dei codici culturali, incorporare il nuovo che arriva nella propria matrice conoscitiva , spesso al prezzo di mettere in crisi le proprie convinzioni, alla ricerca permanente di assetti nuovi e diversi più funzionali. Antonio Mauro, come tutti, ha frequentato questa scuola, l'unica in modo strutturato, non avendo potuto fare studi letterali e simili, ma a differenza di molti lo ha fatto col massimo profitto.

Le sue doti innate. una profonda capacita di osservazione, una sensibilità non comune, una capacità di mettersi in gioco nella politica, nelle lotte sociali, entrando dentro le motivazioni, anzi essendo motivato lui stesso.

Nel corso della vita ha seguito gli eventi storici, politici, umani. Ha plaudito alla voglia di riscatto delle classi subalterne, alle lotte di classe, se ne è intriso. Ha visto con sofferenza vita di stenti, aneliti ad un'uguaglianza quanto meno delle pari opportunità, ha sofferto come i sofferenti delle ingiustizie, ha respinto l'idea che si possa essere condannati ad una vita da sfruttati sol perché di origine povera o di censo.

Nel descrivere le vicissitudini della famiglia di Bertu, il Mauro è dentro gli eventi, perché queste situazioni le ha viste e sofferte, le ha viste nei conoscenti, negli amici, nei vicini, nei compaesani. Con un linguaggio semplice, prende per mano il lettore e lo trascina in vicende che attraversano un secolo,

a partire dai presupposti ancestrali, fino alla contemporaneità .
Vite di grande resilienza proiettate al riscatto. Con una semplicità disarmante per la sua efficacia, ci accompagna nelle più rilevanti vicende storiche che hanno connotato l'ultimo secolo. Ci fa toccare con mano le condizioni di vita quotidiana, i sacrifici, le privazioni, le lontananze dagli affetti che hanno interessato più generazioni, le mentalità ricorrenti, i pregiudizi, le emigrazioni come corsi e ricorsi storici nel loro evolversi.
Un viaggio che fa percepire le mutate condizioni di vita, da quelle avute fino ad oggi. Un viaggio nel quale si riconoscono milioni di persone che sotto lo stesso cielo hanno dovuto e saputo sopravvivere resistendo all'egoismo, alla voglia di privilegi e sopraffazioni di altri. Anzi non hanno mai rinunciato alla voglia di riscatto sociale, ai loro sogni, la rinuncia è l'anticamera della fine.
Raccontare storie e come cercare dentro di sé quello che si è stati e, soprattutto, quello che non si è potuto essere proiettandolo nei personaggi che lo realizzano quasi per trasposizione. Il Mauro trova nel trisavolo Bertu e in tutta le successive generazioni il viatico di una umanità che ha affrontato sacrifici differenti per livello e qualità.
Dagli emigranti dei primi anni del secolo scorso nelle lontane Americhe e dagli emigranti della seconda metà del secolo denigrati, maltrattati e derisi, agli emigrati ormai professionisti dei tempi più recenti, richiesti e apprezzati, che si muovono con dignità anche in ambito internazionale. Sacrifici immani per dotare i figli dei mezzi economici e degli strumenti funzionali all'auspicata scalata sociale che, sorretta da adeguata motivazione, passa necessariamente per un forte impegno nello studio prodromo al raggiungimento di ambiti traguardi professionali. Ma la mutata condizione eco-

nomica che ha consentito di entrare in possesso delle terre dei vecchi padroni con un approccio mentale diverso, la mutata condizione culturale, non fanno il luogo di origine. Perché è lì che alla fine si ritrovano, in quegli orizzonti atavici, in quella natura ricca di suggestioni dove coesistono le varietà degli elementi naturali con le diversità umane in perfetta armonia.

E a questo punto il Mauro realizza il suo sogno, lo realizza tramite i personaggi del suo racconto, diventa protagonista , si unisce ai suoi personaggi, ultima progenie di quel trisavolo Bertu.

Si recano tutti insieme nella parte più alta, panoramica dei loro possedimenti, un tempo luoghi di sfruttamento dei loro antenati, e si inebriano e sognano del "nuovo mondo" che hanno davanti, un mondo bucolico dove uomini e natura potrebbero veramente convivere armonicamente.

Il condizionale è d'obbligo.

Elio Cotronei

DONNA PEPPINA

Bertu da quando era arrivato all'età di sette anni, si occupava dei piccoli lavori nelle campagne che per la giovane età erano abbastanza gravosi: badare alle galline, portare la capretta nei campi e dare un'occhiata alle mucche che' non facessero danni all'alberatura, portare a casa sterpaglie secche per accendere il fuoco ecc. ecc.
All'epoca si maturava troppo presto e anche se non avevi ancora diciotto anni, dovevi fare lavori assai duri. Un giorno insieme a Fortunato, un suo coetaneo, si trovavano nella vigna di donna Peppina con due grossi magagni (zappe dentate) a zappare.
Donna Peppina seduta come una matrona sopra una grossa pietra gli stava sempre davanti e di tanto in tanto a voce alta, per farsi sentire dai due diceva:
"Forza cu stu zappuni, beatu cu lu fici, quandu viiu a carcunu chi zappa, o chi bellizza! beatu e felici cu staci a mbuzzuni. quandu si zappa la terra c'e' ricchizza."
" La senti, la senti sta crapa", dissi Bertu a Furtunatu. "ndi faci puru la passata, comu si non fussi veru chi li ricchizzi di li nosci suduri, nui no li vidimu mancu cu nu cannocchiali. iddha si rricchisci sempri di cchiuni e a nui certi voti non ndi veni mancu pe' mangiari."
"Sugnu d'accordu cu tia, esti veramenti, no na crapa, esti peiu di nu sciacaddhu chi ndi staci davanti e non di dassa mancu mi hiatamu e godi mi ndi vidi sempri a mbuzzuni. sin di futti si morimu o si campamu, pe iddha importanti esti mi faci vinu assai, li so casi chi sunnu grandi cu du piani chi ponnu stari cchiu di vinti cristiani, cu li catoi, chi sunnu chini di butti chi lu mustu nesci di fora, quintali di granu, suffitti chini di saddizzi, capicolli, supprezzati mpenduti, giarri chini d'ogghiu, legumi, frutta e tantu attru beni di diu.

Nda li nosci casi picciriddhi, chi non si capisci si sunnu pe cristiani o pinnati pe nimali, spessu non trovamu mancu du patati pe bugghiri e mancu nu mmorzzu di biscottu pe rusicari o nu pocu d'ogniu pe cundiri."

" Esti la verità ed eu non supportu cchiu mi veni cca mi vantu lu zzappari, quandu iddha a li so figghi non ci lu fici mai vidiri e cu li nosci suduri vannu a passiari e a lu colleggiu a Napoli vannu a studiari e nui mancu la noscia firma sapimu scriviri".

" Caru Bertu, mancu eu chista vita supportu cchiuni, ma non sacciu mancu caiu a fari, si ndaviva sordi nu pezzu di terra mi ccattava ed era nattra cosa, sapendu chi zappava pe mia cchiuttostu ca pe nu patruni".

"Caru Furtunatu, frati meu, eu già propositai e a Merica mi ndi vogghiu iiri. a malucori dassu sta terra, ma mi ndivaiu, fazzu nu pocu di dollari poi tornu e mi cumpru nu pocu di terra e si zappu zappu pe mia".

" Si! santi paroli, puru eu pensai mi mindivaiu, certu ca no e' bellu mi ndi iamu, era giusto a la noscia terra mi restamu, ma no a sti cundizioni, chi zzappamu, zappamu e a la fini non avimu mancu mi campamu."

MERICA, MERICA

Siamo alla fine del diciannovesimo secolo, nella seconda grande ondata di emigrazione di Italiani verso l'America. Migliaia e migliaia, soprattutto, contadini, buttano la zappa e con le navi vanno verso l'America in cerca di fortuna.
Anche Bertu, riempi una grossa bertula (bisaccia) piena delle povere cose che possedeva e s'imbarcò su una grande nave diretta a New York. Dopo più di un mese di navigazione, finalmente, toccò con i piedi il suolo americano. Non fu una cosa facile come lui aveva pensato. Gli Americani non erano molto dolci con gli Europei in modo particolare con gli Italiani. Come testa, quasi quasi, erano come donna Peppina. Li trattavano come se fossero delle bestiole, piuttosto che cristiani. Nelle dogane, li misero in quarantena dentro grandi baracconi, per vedere che non avessero malattie infettive. Per giorni e giorni con addosso gli stessi vestiti di quando erano partiti, con poco mangiare e tavolacci per dormire e con tanta pazienza aspettavano di poter proseguire. Tante cose brutte dovevano sopportare. Bertu scrive al padre:

" Cca ndi guardanu peggiu si eramu nigri, sempri cu locchiu stortu, cu disprezzu, ndi ngiurianu pidocchiusi, chi simu lordazzi cu na faccia ne nira e ne ianca, chi simu litrari e di razza scarza di assassini, anarchici e mafiusi." Finita la quarantena, dopo tutti i controlli è stato fatto passare.

BERTU TROVA LAVORO

Non ha problemi per sistemarsi. nel grande piazzale davanti al porto ci sono delle persone che aspettano gli emigrati e gli offrono: lavoro, da dormire e pure qualche anticipo in denaro se ne avessero bisogno.
Bertu si sentiva spaesato lui che veniva dalla terra di Calabria dove i mezzi di comunicazioni erano solo, asini, muli, carri tirati da buoi e qualche elegante calesse, tirato da eleganti e muscolosi cavalli che possedevano solo gli gnuri (proprietari terrieri).

Lui che era abituato alla libertà dei campi, dove le case erano distanti chilometri una dall'altra, l'aria era sana, pulita e si sentiva l'odore fresco della "nepetella", quello dolce delle ginestre e delle "capiterie", quello intenso degli oleandri.
Per le prime settimane si sente soffocato. Traffico di automobili, camion, tram e altri mezzi meccanici. Piano, piano si abitua, intanto si era avviato a lavorare in un cantiere edile per costruire un grattacielo di trentacinque piani. I suoi datori di lavoro non erano malvagi come donna Peppina, anche loro erano emigrati dall'Abruzzo. Arrivarono intorno al 1870 con la prima grande ondata migratoria degli italiani verso l'America, proveniente per la maggior parte dal nord Italia, in maggioranza dal Veneto e poi anche dal sud, in particolare dall'Abruzzo.
Erano arrivati che erano dei valenti muratori e presto si erano messi a lavorare per proprio conto e, piano piano, dopo

più di vent'anni avevano creato una delle più grande impresa edile di New York. La paga che prendeva era buona. Guadagnava circa mezzo dollaro al giorno e le ore di straordinario e festivo gli venivano pagate il doppio. Una condizione non molto umana come vita, dal momento che viveva insieme ad altri emigrati in delle baracche di legno costruite della ditta per loro. Baracche che erano fornite dei servizi ed erano protetti con materiali isolanti.

Comunque anche se non erano grandi case, grosso modo erano meno peggio delle topaie di donna Peppina. Non pagando affitto, cucinandosi da sé, lavorando sodo, riusciva a risparmiare tanti dollari. Dopo pochi anni aveva risparmiato un bel gruzzoletto. Tanto che adesso, rispetto alle condizioni economiche di quando era partito, si sente mezzo "gnuri".

Si è vero, si guadagnavano tanti dollari e capiva che si sarebbe potuto arricchire nel tempo molto di più di donna Peppina, ma Bertu voleva tornare alla sua terra. Il suo pensiero era sempre rivolto verso le campagne di Pirigaglia, dove non c'era traffico di automobili e la pace regnava, l'estate era calda e secca e l'inverno verde e piovoso.

BERTU SI MARITA

Bertu era da dieci anni in America e ora che si era sistemato bene con una casa che aveva affittato, pensava che fosse giusto che si maritasse e si facesse una famiglia.
Con le lettere si mette in contatto e i suoi trovano una buona figliola di una campagna vicino Pirigaglia e lo sposano per procura. Una volta sposati, sua moglie Teresa lo raggiunge in America.

Teresa era un poco timida, ma era veramente una bella figliola, con la pelle bianca, gli occhi neri e il viso rotondo.
Impiegano qualche settimana a prendersi di confidenza, dal momento che non si erano mai visti prima di allora.
Presto la famiglia cresce e dopo cinque anni di matrimonio hanno già due figli: un maschio e una femminuccia. Intanto scoppiava la grande guerra del quindici diciotto.
L'America entra in guerra e ne esce vittoriosa. Già prima della guerra l'economia americana galoppava e ancora di più durante e subito dopo. Ora Bertu guadagnava tre volte di più di quando era arrivato, più di tre dollari al giorno.

IN ITALIA

In Italia subito dopo la guerra poche cose erano cambiate, contadini e operai già fino allo scoppio della prima guerra, vivevano nelle condizione di subalternità sfruttati come bestie dai padroni e trattati come merce. Poco e niente era cambiato rispetto a come si viveva prima che Bertu partisse per l'America. Già prima della guerra, in tutta l'Italia grazie alla presenza di grandi intellettuali che professavano le idee di anarchia, di socialismo e anche grazie all'influenza che veniva dalle lotte in Russia, che sfociarono nella vittoriosa rivoluzione 1917. In modo particolare al nord, gli operai già da qualche decennio avevano preso coscienza della propria forza.

Vladimir Lenin

Queste idee anche se lentamente incominciavano ad influenzare a macchia di leopardo le masse contadine del Mezzogiorno d'Italia.

Nascevano le prime leghe. Le lotte assumevano forme insurrezionali, soprattutto dopo la fine della guerra, a causa delle terre demaniali e dei latifondi che lo Stato aveva promesso e mai dato ai contadini che si trovavano al fronte e che morivano come formiche nelle trincee di Caporetto e negli altri fronti di guerra.

A causa della presa di coscienza dei contadini, le terre dei grandi agrari incominciavano ad essere abbandonate dal

momento che nessuno era più disponibile ad andare a zappare per una scarsa minestra di fagioli.
Bertu seguiva gli avvenimenti che si susseguivano nella sua Calabria con l'intento di approfittare di un momento favorevole per tornare nella sua terra. In effetti, di fronte a questi fatti nuovi, pochi erano ancora disposti a continuare a zappare in condizioni disumane.
Molti proprietari erano disponibili a vendere le loro terre a condizioni favorevoli.

IL RITORNO IN PATRIA

Bertu che aveva risparmiato un bel po' di dollari, di fronte alle notizie che arrivavano non esita e con tutta la famiglia dopo pochi mesi poggia i piedi nella sua amata terra.
Nella primavera dell'anno 1920 arriva a Pirigaglia con la moglie e i tre figli. Le femminucce Carmela di cinque anni e Maria di sette, il maschio che si chiamava Filippo, come il nonno paterno e che aveva compiuto nove anni.
Berto respirava intensamente l'aria pulita e profumata, sentiva il forte profumo delle piante di cardi selvatici, si riempiva i polmoni annusando le profumate piante della nepetella, quelli dolci dei fiori delle piante di capiteria; i suoi occhi ammiravano i colori gialli dei fiori delle ginestre e quelli rosa, bianchi e rossi dell'oleandro.
Spaziava con lo sguardo verso le distese verdi dei campi, le colline con le sue aspre sterpaglia, le montagne coperte di alberi di alto fusto che nelle cime mettevano in mostra i bianchi spuntoni di roccia calcarea, si girava verso quel mare che aveva solcato per andare in America e anche se aveva un positivo ricordo, non aveva alcuna nostalgia.

Era più di vent'anni che mancava, in tutto quel tempo in America aveva visto tante cose diverse e aveva assistito come in pochissimo tempo le cose cambiavano con una velocità sorprendente, mentre lì a Pirigaglia, il mondo sembrava che si fosse fermato. Tutto come prima. Nelle campagne le case erano come all'ora, venti trenta metri quadrati per

sei, sette persone e anche di più. Il rapporto di lavoro dei contadini sempre uguale, incominciava a vedersi qualche lira per dieci, undici ore di lavoro. L'unica novità era rappresentata da molti cittadini. Quelli di una certa posizione sociale più agiata che dai paesi montani arroccati da centinaia di anni sull'Aspromonte, ora incominciavano a costruire delle belle case alla Marina.
Bertu che in un primo momento si sistema nella casa dei suoi vecchi genitori, si mette subito alla ricerca per comprarsi una proprietà, ed è proprio fortunato.

BERTU COMPRA UNA TERRA

Donna Peppina era diventata vecchia, i contadini venivano a mancare, i suoi figli erano diventati tutte e due valenti professionisti e si erano sistemati a Napoli, venivano solo di tanto in tanto nella terra natìa. Furono proprio questi che convinsero la madre che era meglio vendere quelle terre perché incominciavano a vedersi i segni dell'abbandono. Appresa la notizia della volontà di donna Peppina, non c'era nessuno più felice di Bertu e con un sensale che si fece avanti, in poco tempo concluse l'affare.
La proprietà di Donna Peppina era una delle migliori nella zona, c'erano le pianure per le semine, i pascoli per gli animali, il bosco per la legna, gli arbusti per il forno, la casa, "le pinnate" (ricoveri per gli animali), la "sena" (noria) per l'acqua ecc.
La proprietà gli viene a costare , comprese gli atti notarili e le regalie per il sensale, 730 dollari. Lui i dollari li aveva, gliene erano rimasti tanti che gli bastavano per fare dei restauri nelle case per renderle più spaziose. Subito inizia quella vita da padrone che aveva agognato. In pochi anni la famiglia cresce. Intanto, nel paese, da nord a sud, le lotte sociali diventano cruente. I disordini sono all'ordine del giorno. Gli scontri anche armati tra fazioni avverse erano sempre più frequenti. Il socialismo era forza maggioritaria; i dirigenti o per scarsa lungimiranza o perché era divisa in molte fazioni non sapevano dare alle lotte il dovuto slancio rivoluzionario e portare i contadini e gli operai alla guida del paese.

BENITO MUSSOLINI

Nella totale confusione, Benito Mussolini, che aveva diretto per anni il glorioso quotidiano di sinistra l'Avanti, è tra i primi, non solo socialisti, più convinti sostenitori della pace, avversando con forza la guerra contro la Turchia e altri conflitti che sicuramente avrebbero portato tanti morti e sacrifici all'Italia.

Nel 1914 gira le spalle al pacifismo e alla neutralità e sulle pagine dell'Avanti scrive un lungo articolo dove auspica l'intervento nei teatri di guerra che si proiettavano all'orizzonte. A causa di questi articoli e di questa campagna guerrafondaia, è espulso dalla sezione socialista di Milano, dal partito e dalla direzione del giornale.

Questo non lo impensierisce per niente e girando per sempre le spalle al socialismo, crea il quotidiano "Il Popolo d'Italia", fonda a Milano i primi fasci di combattimento e subito dopo il Partito Nazionale Fascista .

Messosi alla testa di squadracce violente appoggiate e finanziate dal grande capitale e dai grandi agrari feudali, presto, grazie alla debolezza del giolittiano Facta, che si dimette da primo ministro, si crea quel vuoto che consente a Mussolini, con un benvenuto a Roma, da parte del re, di impadronirsi del potere.

In pochi anni scioglie i partiti e con il ferro e col fuoco zittisce qualsiasi forma di protesta. Nel tempo diventa il più idiota dei guerrafondai del secondo conflitto mondiale.

IL CROLLO DELLA BORSA DI WALL STREET

Non so se è stato un caso , non so se è stato fiuto, istinto o fortuna, Bertu sceglie il momento giusto per tornarsene al suo paese. Se avesse ritardato di un paio di anni i suoi dollari sarebbero diventati carta straccia. Dopo un po' di anni dalla sua partenza, l'America è investita da una violenta crisi economica che nel 1929 porta al crollo della borsa di New YorK e quella manciata di dollari che Bertu aveva risparmiato avrebbe perso valore. Non si sapeva se e quando si sarebbe ripresa.

WALL STREET
CRASH!

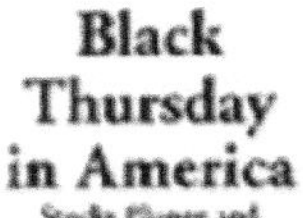
Black
Thursday
in America

IL FASCISMO DIVENTA REGIME

In Italia il fascismo si era affermato, era diventato regime. Ogni pensiero che cozzava o metteva in discussione il regime veniva punito, spesso, con decine di anni di carcere o col confino quando le azioni divenivano tali da mettere a nudo il carattere del fascismo. Venivano puniti con la morte tramite fucilazione o aggressioni da parte delle famose e collaudate squadracce. In queste azioni repressive cadevano migliaia di operai, contadini ed intellettuali, tra questi alcuni di grande carisma, come Antonio Gramsci, per anni sballottato da un carcere all'altro fino alla sua morte.

I fratelli Nello e Carlo Rosselli

Altri valenti intellettuali perdono la vita, come Giacomo Matteotti assassinato dalle squadracce mussoliniane, i fratelli Carlo e Nello Rosselli, assassinati mentre si trovavano in esilio a Parigi, in Francia. Altre centinaia di antifascisti uomini e donne sono costretti all'esilio, come l'intellettuale liberal socialista Piero Gobetti, di gigantesca intelligenza, che muore di bronchite a Parigi

Piero Gobetti

all'età di 24 anni. Molti di loro combattono in Spagna a fianco della Repubblica contro il franchismo, come il leggendario capo delle formazione partigiane Luigi Longo e difendono Madrid.

Giacomo Matteotti

Longo dopo la vittoria del franchismo sulla resistenza della repubblica spagnola, rientra in Italia e partecipa alla resistenza guidando le brigate Garibaldi nella lotta di liberazione contro il nazi-fascismo. Molti capi comunisti si rifugiano in Russia, non tutti sono accolti e trattati benevolmente, tanti pagano pure con la vita per il semplice fatto di non aver apprezzato i metodi staliniani.

Bertu, seguiva questi avvenimenti con disinteresse, non era politicizzato e poi questo sud dello Ionio era lontano dai teatri dove si decidevano questi passaggi politici, qui fascismo e antifascismo erano comprensibili a sparute minoranze. Nel basso Ionio della Calabria il tempo era sempre immobile. Da una parte il grande proprietario delle terre e dall'altra il bracciante che doveva lavorare.

Antonio Gramsci

FASCISMO E INTERVENTI NEL SOCIALE

Ora Berto anche se non era un grosso proprietario non era neanche un bracciante. I piccoli proprietari come lui venivano classificati coltivatori diretti. In verità se il fascismo se da

una parte annullava qualsiasi traccia di libertà individuale e collettiva, dall'altra parte sui problemi sociali, rispetto al passato, mostrava grande interesse.

Parte una grande campagna per la scolarizzazione di massa nelle città e nelle campagne, in modo particolare nel Mezzogiorno d'Italia con l'istituzione delle scuole rurali. E poi interventi nella sanità, nella previdenza, nello sport, nel lavoro e in modo particolare nell'agricoltura.

Grandi interventi per la bonifica di varie zone del paese, aggressione ai grandi latifondi improduttivi, politica di sostegno finanziario ai piccoli proprietari terrieri. Politica mirante all'aumento della produzione in modo particolare del grano. Infatti la produzione agricola in pochissimo tempo aumenta di quattro volte e permette all'Italia

Bonifica dell'Agro Pontino

di liberarsi dalla dipendenza dall'estero di un venticinque per

cento del proprio fabbisogno per diventare totalmente autonoma.
In tutto questo tempo Bertu affiancato dalla moglie Teresa, dalla figlia e dal figlio Filippo che si era messo da subito a lavorare la terra, approfitta per riempire le stalle di mucche, gli ovili di pecore e capre e i porcili di maiali.
Intanto la condizione economica per Bertu migliorava e anche la sua famiglia cresceva. In media veniva al mondo un figlio ogni due anni. Ora in casa erano in dieci e la moglie era incinta.
Maschi solo Bertu e il figlio Filippo.

CONDIZIONE DELLA DONNA

Nel sud d'Italia in modo particolare in Calabria, la condizione della donna era ancora arcaica e soffriva della cultura feudale. Col fascismo la sua condizione peggiorava, non tanto in Calabria che era già peggio, ma, sopratutto nel resto d'Italia, particolarmente nel nord dove grazie all'ondata di idealità socialista qualche timido tentativo di emancipazione femminile faceva capolino.

Col fascismo veniva sbarrata la strada a ogni possibilità per la sua emancipazione, la sua crescita scolastica e culturale, la sua possibilità di affacciarsi ai posti di comando e alla vita politica del paese. Vittima, soggiogata da una legalizzata virilità dell'uomo, sottomessa a una totale dominazione maschilista.

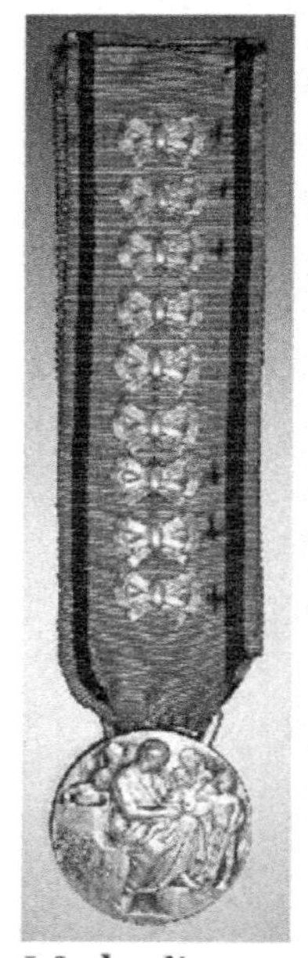

Medaglia per le madri di famiglie numerose

Dall'altra parte il regime fa della figura femminile un'icona da venerare, da difendere nel suo ruolo di generatrice di vita. Leggi in favore della maternità e premi per i figli nascenti sono concepite per favorire la crescita demografica.

Bertu di figli ne aveva già otto: un maschio, sette femmine e Teresa aspettava ancora un figlio. All'epoca la famiglia era una ricchezza, in modo particolare quella di Bertu che era proprietario di terra, tanti figli significava tante braccia da destinare ai lavori della campagna.

Anche le donne, se da una parte destavano preoccupazioni per il timore che sbagliassero e facessero ricadere il disonore sulla famiglia, dall'altra parte erano anche loro una ricchezza in modo particolare quelle partorite da Teresa che nel tempo assumevano "molto valore" essendo cresciute tutte basse, tarchiate e muscolose.

LA SECONDA GUERRA MONDIALE

Erano passati circa venti anni da quando Bertu era rientrato dall'America dopo la fine della prima guerra mondiale e già un'altra terribile, inesorabile guerra trascina l'Italia negli arroventati deserti dell'Africa, nei profondi abissi marini e nelle ghiacciate distese della steppa Russa. Filippo è chiamato alle armi e subito mandato al fronte in Africa.

Guerra nel deserto

Nella disgrazia della guerra lo si può dire fortunato rispetto a quelli che finirono nei fronti Russi ed Europei. Dopo qualche anno, non per mancanza di spirito combattivo da parte dei militari Italiani, ma per scarsi mezzi militari, carenza di rifornimenti e incapacità organizzativa dei capi militari, gli Inglesi hanno la meglio e Filippo insieme a centinaia di migliaia di commilitoni è fatto prigioniero. E' liberato nel 1946 dopo sette anni vissuti nei vari campi di prigionia in vari posti dell'Africa.

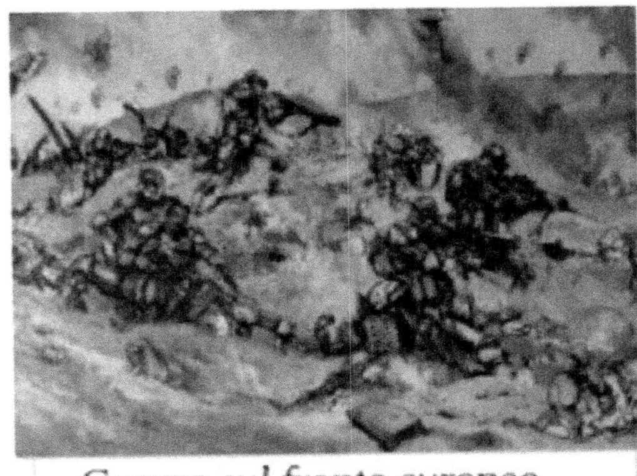

Guerra sul fronte europeo

Intanto a Pirigaglia, in casa di Bertu, la mancanza di Filippo si faceva sentire in quanto già prima della guerra si era sposato e aveva creato una famiglia propria con una ragazza di nome Sabella la quale aveva portato in dote un pezzo di terra che con quella ricevuta dal padre costituiva una discreta proprietà. Filippo è chiamato in guerra: un dramma dover lasciare, ancora incinta, e il figlio di appena un anno di età che si chiamava Bertu, come il nonno.

Sbarco in Normandia

Per quanto riguarda i lavori nei campi non era un dramma dal momento che le prime figlie di Bertu ormai adulte, avevano fruttuosamente sostituito il fratello partito per il fronte dando una mano pure a Sabella.

Dal punto di vista economico era scomparsa la possibilità di commerciare i prodotti della terra in quanto la circolazione della lira era zero. Il grano doveva essere versato agli ammassi e, con la scusa della guerra, lo stato pagava miseramente.

Ritirata dalla Russia

Considerate le spese per le sementi e per gli attrezzi di lavoro che continuamente abbisognavano e le spese per il mantenimento delle bestie, rimaneva poco o niente.

Dal punto di vista della sopravvivenza in casa di Bertu nessun problema . La fame nei paesi o nelle campagne per chi

non aveva un pezzo di terra per metterla a frutto e la possibilità di crescere degli animali da macello, era immane. La gente che non possedeva niente, a parte qualche eccezione, trovava le porte chiuse nelle case dei latifondisti. Cosi non è nelle case dei piccoli proprietari, come Bertu, dove la solidarietà è ampia e totale.
In questo lontano territorio, nell'estremo Sud dello Ionio, la guerra si vive solo nel suo aspetto psicologico o perché c'è qualche congiunto al fronte o perché si leggeva qualche giornale e si sentiva la radio.
Anche una delle più importante battaglie aereo-navali nei nostri mari, la famosa battaglia di punta Stilo, è seguita dalla gente dai cucuzzoli a ridosso del paese si con trepidazione, ma come se vedesse un film.
La violenza fisica della guerra la portano gli anglo- americani solo alla fine, con stupidi, inutili e indiscriminati bombardamenti che provocano solo decine e decine di vittime civili.

FILIPPU TORNAU

Già prima che la guerra finisse totalmente, dal fronte, chi depresso, chi storpiato, chi in discrete condizioni, i sopravvissuti incominciarono a ritornare nelle proprie famiglie. Di Filippo nessuna notizia, tanto che i famigliari si erano rassegnati al peggio. Era passato quasi un anno dalla fine delle ostilità, si parlava di referendum, di costituzione e di elezioni legislative. Nella tarda primavera del 1946, un giorno a Pirigaglia si diffonde la notizia :
" Filippu tornau, Filippu tornau ", di bocca in bocca fino alle orecchie dei suoi cari.
Tutti, parenti, amici lasciano i lavori nei campi e corrono ad abbracciare il ritorno di un figlio di Pirigaglia che era stato dato per morto. Il padre vuole macellare il miglior vitello, per giorni fare festa al figlio perduto e poi ritrovato.
Filippu commosso abbraccia tutti, parenti e amici, e piange di gioia quando abbraccia il suo figliolo Berticeddhu che aveva adesso otto anni, la sua figliola Teresina ch'era nata dopo la sua partenza come pure il suo piccolo fratellino Peppinennhu, l'ultimo figlio da Teresa nato dopo qualche mese da quando il figlio era partito per il fronte.

LE ELEZIONI

Nel mese di giugno del 1946 si tiene il referendum repubblica o monarchia e le elezioni legislative In queste elezioni per la prima volta nella storia d'Italia votano le donne che con entusiasmo si recano in massa alle urne.

1946 - Il voto delle donne

La monarchia viene sconfitta e il re Umberto è costretto all'esilio. In questo nuovo scenario , per i primi anni, la situazione post bellica dell'Italia era molto precaria e con essa anche la stabilità politica.
Nel 1948 ci son le nuove elezioni politiche e la Democrazia Cristiana ne esce vittoriosa con oltre il 48% dei voti. Subito in seconda posizione segue la lista dei comunisti e socialisti uniti nel Fronte Popolare con poco più del 30% dei voti.
La terza forza politica consistente in poco più del 7% è quella socialdemocratica, nata dalla scissione del partito socialista, guidata da Giuseppe Saragat. Risultato che permette alla Democrazia Cristiana guidata da Alcide De Gasperi di accaparrarsi la maggioranza dei seggi e avere la maggioranza assoluta nel parlamento con l'apporto di alcuni alleati, costringendo il Fronte Popolare all'opposizione.
In questa situazione, dal nord al sud, le lotte per il lavoro e altri diritti di carattere politico sono all'ordine del giorno, spesso violente, lasciando decine di morti su tutto il territorio nazionale, dalla Sicilia al Piemonte.

In casa di Bertu molte cose si erano evolute. Quattro delle sue figlie si erano sposate. In base alla cultura e ritenuta norma da rispettare, la donna doveva portare la dote, infatti Bertu a ognuno di esse dà un ettaro di terreno, una casa, bestie e niente in denaro dal momento che nel sud nell'economia rurale non circolava.
Bertu non si era arricchito, ma era felice, riusciva a campare senza andare sotto padrone e questa è sempre stata la sua primaria aspirazione. Malgrado l'età venerabile di 80 anni di vita, continua affiancato dalla moglie, dalle tre figlie e da Peppineddhu, l'ultimo arrivato, a lavorare la terra.

I FIGLI A SCUOLA

Filippo in dieci anni di matrimonio aveva già quattro figli e Sabella aspettava il quinto. Nessun problema dal punto di vista alimentare. Ma se questo era bastato a Bertu, ora, dopo la guerra, non basta più. Anche in Italia le cose cambiano più velocemente, la consapevolezza che tutti abbiano il diritto di migliorare la propria esistenza diventa coscienza di massa, Ora le scuole sono aperte a tutti e, anche se con tanti sacrifici per le classi sociali più deboli, si poteva accedere alle scuole superiori e prendersi un diploma.

Filippo con quella terra che aveva campava, ma non poteva fare una bella casa e mandare i figli a scuola per prendere un diploma. I più agiati, come artigiani e commercianti, riescono a mandare i figli a scuola ma rarissimamente qualcuno riesce a mantenerli all'università e farli laureare.

Siamo già nei primi anni cinquanta, Sabella non vuole che i suoi figli come suo padre continuino a zappare la terra e non passa giorno che non stimoli Filippo:

" Pippu non sacciu tu comu non ti rendi cuntu chi li tempi cangiaru e sti figghioli li chiu grandi non 'ndi preoccupamu pe nenti mi cuntinuannu li scoli, perchi 'ndi cumbeni mi li tenimu a la campagna mi zappanu e mi guardanu li vacchi".

"Si tu dici, ma sulu cu li me lavuri, sia nui ca li picciriddhi di la bbarramu la fami , la terra voli bbrazza!.. Brazza forti mi la lavuranu si no non produci nenti".

" Chistu chi dici tu è veru, ma iiva bene quandu non c'eranu autri stradi, no ora chi lu mundu si iapriu puru pe nui chi zappamu e chi miseru li scoli dill'obbligu, carchi penseru mi li struimu lu potimu fari".

" Si è veru! lu mundu si iapriu pe tutti e cu rinesci mi trova nu lavuru, rinesci mi guadagna puru cincucentu liri lu iornu, ma pochi rinescinu mi lu trovanu, pecchi li canteri sunnu pochi e di pocu durata".

"Ma tu ncumincia comu fannhu l'attri; matinu pigghati la brigha e vai e scriviti all'ufficiu di collocamento ca prima o poi a carchi parti ti chiamanu".
Filippo segue i consigli della moglie e presto è chiamato in un cantiere che faceva lavori di manutenzione nella ferrovia. In una situazione di precarietà lavorativa per tante braccia disponibili, riusciva a fare ogni tanto, come tutti gli altri operai, a rotazione, quindici giornate lavorative in un cantiere e quindici in un altro.
Ancora la moglie:
"Cu quindici iorna di lavuru ogni dui tri misi, li mandamu bonu li figni a la scola. E deu sugnu disperata, armenu ccumencuiamu cu Berticennhu chi chist'annu finiu la quinta lementari e Teresinennha chi la finisci l'annu chi veni. Vogghiu, dopu chi fannu la scola dill'obbligu, mi vannu avanti cu li studi e mi pigghianu non dicu na laura ma armenu nu diploma di maestru o di giometra".
"E chi voi mi fazzu mi mi mazzu , o mi mi iettu a mari ".
"Non diri nimalosimi , chista è risposta pe mi miduni , quandu parramu di la sorti di li nosci figgholi".
"E vistu chi ti nanazzi accusssi comu a na scecca sarvaggia, dimmi tu chinnhu caiu a fari".
" Fai comu ficiru tanti autri, chi si ndi stannhu iendu cu a Milanu, cu a Torinu o in Francia , in Germania, in Svizzera e a u Belgiu.
Filippo lascia passare un mese e dopo che Sabella partorisce, prende informazioni e decide di tentare la sorte sulla via dell'emigrazione. Sa che all'estero si guadagna di più, in modo particolare in Germania e nelle miniere del Belgio. Non se la sente di andare molto lontano. Decide di andare a Milano convinto che trovandosi in Italia piuttosto che all'estero può sentire ancora il calore della sua famiglia e, almeno per il Natale, gli è facile rientrare a casa

MILANO

Arrivato a Milano, va subito in via Castel Morrone dove ci sono dei suoi paesani che vi abitano. Quell'appartamento era di proprietà di una certa signora Scotti dell'età di circa settantanni che affittava camere.

A parte la sua camera e un servizio solo per lei, c'erano altre tre camere, in ogni camera ci stavano dai tre ai cinque inquilni. A loro disposizione un bagno con un solo water e un lavandino per sciacquarsi la faccia senza la possibilità di farsi una doccia o più semplicemente un bidè.

Certo che in quella condizione non era una vita facile, anche se meridionali come lui, doveva convivere con persone che non conosceva e se ne stava sempre muto e in disparte.

Milano Stazione Centrale

Samuele, uno dei suoi coinquilini che era di Guardavalle, un paese della Calabria situato sulle pendici dell'Aspromonte vicino al grosso centro di Soverato, lo vide cosi triste e pensieroso, si avvicina e gli domanda:

"Esti la prima vota chi veni! E' veru?"

" Si! Esti la prima vota"

"Di undi si. "
"Di Pirigaglia"
"I la madonaaaaaaaaaa di Pirigaglia, propriu a mpizzinnhu di la Calabria supra a lu mari."
"E si a retu li spannhi li muntagni e a quattru passi, dopu di la ferruvia, rrivi a mari."
" Trovasti lavuru!? "
" No! Ancora no, ma, domani vaiu di nu cumpari meu chi cunta e mi iuta mi lu trovu. E tu undhi lavuri?"
" Eu fazzu lu pitturi (l'imbianchinu) cu na grossa ditta, cu la ditta Pinciara chi pitta pe lu cumuni di Milanu, scoli, centri sportivi piscini, ambulatori, cimiteri ecc. ecc. "
" Comu ta passi!? "
" A cussi, a cussi. Comu lavuru non c'e mali , mancu comu paga; rrinesciu pe mi guaqadagnu puru 1200 liri lu iornu facendu carchi ura di straordinariu."
" Allura? Chi esti chi non funziona? "
"Chi non funziona? Non vidi chi non funziona!? Prima di tuttu na casa; sti curnuti si ccuntentanu mi li teninu chiusi cciuttostu mi ndi li ffittanu a nui meridionali speciarmenti si simu calabrisi, mancu mi nci lleramu mpilatu a li so mugneri. Non potimu mi ndi lavamu, non potimu fari na stampa di pastina. Guarda ddha! Nu paru di mutanti e nu paru di cazzetti l'aiu a lavari di notti e mi li iampru supra a lu davanzali e d'invernu supra a li caloriferi mi sciucanu pe non mi li vidi la patruna si no ti ietta a mezzu a la strada. Poi non di parramu la matina, quasi sempri nda nesciri di la casa prima di li sei e 'ndai a cangiari cchiu di tri mezzi pe mi rrivi pe l'ottu a lu canteri."
Una volta assicuratosi un posto letto, Filippo va subito a trovare un suo influente compare del proprio paese che era solito frequentare un bar presso piazzale Loreto. Suo compare Totò si da da fare e dopo qualche giorno riesce a siste-

marlo in una fabbrichetta di ceramica dove producevano le classiche tazzine del caffé in uso nei bar.
Dopo il primo mese di lavoro Filippo riesce a mandare alla moglie 20 mila lire. Isabella non riesce a credere che suo marito potesse mandargli tutti quei soldi. Non ne aveva mai presi cosi tanti nelle sue mani.
Da brava massaia essendo anche una grande e brava lavoratrice, affiancata dai figli; dalla terra riusciva a trarre tutto ciò che serviva per quelli che erano i bisogni alimentari e con i soldi che mensilmente spediva il marito badava a vestire i figli e comprargli per la prima volta un paio di scarpe, qualche mobile e tutto quello che serviva per la scuola, e a risparmiare qualche lira.
Bertu, quell'anno stesso della partenza del padre va subito a frequentare la terza media e l'anno dopo lo segue Teresina. Intanto Filippo continua la sua vita a Milano.
Come lavoro non si lamenta e neanche come soldi. Lavora tanto e fa anche dello straordinario per realizzare di più, ma, anche se fa molte ore, si stanca sempre meno di quando zappava la terra a Pirigaglia.
Per quanto riguarda il mangiare, gli mancano le pietanze genuine e casarecce che gli preparava la moglie, fagioli, ceci, lenticchie, cicerchie, maccaroni, tagghiarini,
Presto si adatta per forza maggiore ai pranzi nei piccoli ristoranti o nelle grande mense che abbondavano in modo particolare nelle adiacenze delle grandi industrie, nelle università, negli ospedali e vicino ai grandi cantieri

Milano - Casa dello studente

edili. Quello che gli pesa di più è la lontananza dalla moglie e dai figli e la mancanza di possibilità di godere di un po' di pulizia.

In poche parole dal martedì al sabato puzzavano di parecchi odori. Solo il sabato sera o la mattina di domenica a decine in fila indiana sotto il sagrato di piazza del duomo, al diurno sotto la stazione centrale, alla vicina piscina Cozzi ecc. ecc. aspettavano il proprio turno e con pochi soldi potevano fare una doccia.,

Milano - Hotel Diurno piazza Duomo

Se la solidarietà tra emigranti proveniente dal sud era totale cosi non era da parte dei Lombardi, specie quelli dalle province più lontane di Milano. Così scriveva alla moglie Sabella:

"Sti curnuti ndi guardanu cu disprezzu e cu l'occhiu stortu, si lluntananu quandu ndi mbicinamu, mancu meramu mpestati, ndi giurianu puzzolenti, pidocchiusi, terroni, latriceddhi a causa di la noscia peddhi scura brusciata di lavuro e di lu forti suli di la noscia terra."

Per quasi otto anni Filippo deve sopportare questa vita da cani. Intanto Bertu si era diplomato geometra e Teresina era diventata maestra di scuola elementare.

FILIPPO RESTA NELLA SUA TERRA

Filippo dal momento che aveva raggiunto l'obbiettivo di far studiare i figli, decide di restarsene nella sua terra e di non andare più a Milano, perché adesso anche al sud, all'inizio del boom economico , si erano aperti tanti cantieri e anche se si guadagnava di meno, il lavoro si riusciva a trovarlo. Per Teresina si apre davanti a sé il mondo della scuola e anche se deve andare ad insegnare in un paese all'interno dell'Aspromonte dove si poteva arrivare solo a piedi per decine di chilometri o a dorso d'asino.
Le è assegnata una classe di bambini di prima. Il lavoro per Teresina è entusiasmante, lo stipendio che prende è buono, più di 60 mila lire al mese. L'unica nota negativa è che deve soggiornare in quel piccolo centro montano in grande precarietà e scendere alla Marina una volta al mese nei weekend o nei periodi di festa.
Bertu purtroppo non riesce a trovare un posto fisso e fa qualche progettino privato di qualche stalla, porcile o qualche casa rurale. La cultura dell'epoca non gli permette di lavorare la terra perché sarebbe stato deriso dai suoi compaesani, e poi il senso del riscatto dopo anni di sacrifici suoi e dei suoi genitori per mantenerli agli studi sarebbero diventati nulli e inutili.
A questi motivi si aggiungeva che con lo sviluppo dell'economia che aveva portato benessere in tutta Italia, al sud, oltre che essere minore che al nord, era di carattere assistenziale e non tutti erano disposti per qualche favore a compromettere la propria libertà e asservirsi per qualche favore ai gestori del potere.

BERTU A MILANO

Bertu decide di partire e come aveva fatto il padre, era all'inizio del "sessanta", sceglie di emigrare nella città di Milano, perché oltre ad essere più vicino alla sua terra, si sente non molto lontano dalla sua fidanzata che vive nello stesso suo paese e che presto avrebbe voluto sposare e portarsela con sé.

Come prima cosa, arrivato a Milano, si reca a piazzale Susa dove stanzia una comunità di suoi compaesani. Con il loro aiuto riesce a trovare nella stessa piazza, un monolocale che divide con Gino e Leo, due suoi compaesani, in un palazzone a cinque piani. Ogni piano una decina di appartamentini con un solo gabinetto alla turca per tutti gli inquilini del piano. Per ogni piano c'era una ringhiera di protezione che guardava all'interno del cortile.

Milano - Piazzale Susa - Case di ringhiera

Sistematosi con l'abitazione, dietro raccomandazione del padre, si reca subito da compare Totò, in piazzale Loreto. Questi ,in un momento di grande espansione abitativa, non

fa molta fatica a sistemarlo come geometra in uno dei tanti cantieri edili nella periferia della grande metropoli.
Passa solo qualche mese e, sempre aiutato dal prezioso compare Totò, riesce a trovare un appartamentino fornito di doccia e bagno di circa quaranta metri quadrati in piazza Leonardo da Vinci, in zona città studi. Con questa nuova casa Bertu pensa di maritarsi con Lucia che, come Teresina, si era diplomata maestra elementare.
Quando arrivano le feste natalizie e tutti gli emigranti scendono al proprio paese per passare le feste con i propri parenti, tutto è preparato. Bertu e Lucia si sposano e, dopo qualche settimana dalle nozze, partono per Milano. Lucia è felice, non era mai andata più lontano di 50 chilometri da Pirigaglia, le sembra impossibile che esistano delle città cosi grandi con tante luce, dove la notte sembra giorno.

Per settimane Bertu con gioia la accompagnava al vicino centro per fargli conoscere la città: il Duomo e la sua piazza, la galleria, piazza san Babila, il Castello Sforzesco, via Monte Napoleone, a rotazione a vedere un film di prima visione nei vari cinema del centro e gli eleganti negozi: la Rinascente, Coin, mostre, teatri, eventi culturali ecc.

Milano - Corso Vittorio Emanuele - 1973

Lucia per tutta la primavera e l'estate fa la brava moglie, felice di stare vicina al suo Bertu. Con l'apertura dell'anno scolastico non ha difficoltà ad inserirsi nell'insegnamento. Inoltra domanda al provveditorato agli studi e le viene assegnata una seconda classe in una scuola in via Mac Mahon.

GLI ANNI DELLA CONTESTAZIONE

Siamo ormai nei primi anni sessanta nel periodo delle grande lotte meridionaliste delle masse proletarie del Sud e della classe operaia del Nord, che poi dovevano culminare nelle grande ondate di contestazione operaie e studentesche del 1968 che portano grandi ventate culturali e rinnovatrici.

Le ondate di immigrati di quegli anni non sono più come quelli degli anni cinquanta, rappresentate da operai e soprattutto da contadini. I nuovi arrivati sono per la maggior parte dei diplomati, qualche laureato o dei valenti artigiani che incominciano ad occupare posti di responsabilità e a primeggiare rispetto alla massa dei lombardi che essendosi inseriti subito nel mondo del lavoro nelle industrie, non avevano acquisito gli elementi formativi per occupare i posti decisionali e direzionali.

Tutto questo comporta che le manifestazioni razziste, in modo particolare a Milano, scemino e addirittura tendono a scomparire anche perché i meridionali nella grande città incominciano ad essere tanti e in molte zone maggioranza.

Sono passati quasi dieci anni dal giorno del loro matrimonio, Bertu e Lucia hanno due figli maschi: Filippo, come il nonno paterno, e Giuseppe, come il nonno materno.

Il primogenito Filippo ha già nove anni e Giuseppe ne ha sette. Bertu come il padre e come lo fu il nonno quando si trovava in America, soffre sempre la nostalgia della propria terra e non vede l'ora di ritornare a Pirigaglia.
Lucia aveva fatto domanda di trasferimento e fortunatamente è inviata in un paese a circa venti chilometri da Pirigaglia, da dove può benissimo rientrare a casa col treno, finite le ore d'insegnamento.
Una volta trasferitosi a Pirigaglia, Bertu entra a far parte di un gruppo di geometri che portavano avanti progetti per privati, ma, sopratutto di opere pubbliche per vari enti: comuni, province, consorzi, ecc.
Contemporaneamente visto che a Milano aveva continuato gli studi, riesce a prendersi la laurea di architetto. Arrivato a Pirigaglia fa domanda per l'insegnamento ed è chiamato in una scuola media superiore. In questa situazione in breve tempo si costruiscono una buona casa.
Il primogenito Filippo continua gli studi e Giuseppe che non aveva voluto sapere di studiare, finite le scuole dell'obbligo, raggiunti i diciotto anni, partecipa ad un concorso in ferrovia dove, superate le prove, è chiamato come capo stazione che all'epoca era una posizione invidiabile. Intanto il vecchio centenario bisnonno Bertu (u mericanu) lascia questo mondo.

UN MEDICO IN FAMIGLIA

A Filippo i suoi genitori l'avevano mandato a studiare medicina a Pavia. A venticinque anni era già medico.
Se fino al momento dalle famiglie popolari erano usciti geometri, maestri elementari e anche qualche laureato in architettura o in matematica, Filippo è il primo di una famiglia popolare che diventa medico. Se altri tipi di lauree erano importanti, quella di medico era ritenuta una assoluta prerogativa delle caste facoltose, cioè delle grandi famiglie ricche che da generazioni e generazioni avevano un figlio medico.
Il fatto che nelle fasce più basse fosse venuto fuori un medico, nelle fasce sociali più elevate suscita rabbia, in quelle più basse incredulità e in qualche caso invidiosa cattiveria.
A Filippo non rimane che emigrare al nord dove vince un concorso di medico condotto in una cittadina in Valle d'Aosta e, sistematesi lì, non vuole più saperne di ritornare in un paese che lo aveva trattato con tanto cattivo scetticismo.

Valle d'Aosta - Castello

Filippo si sposa subito con una ragazza del luogo.
Dopo qualche anno di matrimonio nasce Bertu. I tempi erano cambiati, non era come all'epoca del trisnonno (u mericanu), quando le famiglie erano composte minimo da undici, dodici componenti.

Di generazione in generazione si assottigliavano sempre di più. Bertu è l'unico figlio nato dal matrimonio di Filippo e Vanessa, anche lei medico.
Bertu possiamo dire che dal punto di vista economico vive in una gabbia dorata, non ha problemi di affrettarsi a inserirsi nel lavoro. Con calma intraprende gli studi in scienze delle tecnologie, informatica delle economie e finanze. Ha studi regolari, in alcuni corsi studia diverse lingue e si perfeziona particolarmente nell'inglese.
Filippo dopo il matrimonio, non si era recato più al Sud, un po' sdegnato per il comportamento dei suoi paesani che lo guardavano sempre con sospetto per il gradino che aveva raggiunto nel sociale e anche perché la moglie, essendo nata e cresciuta in un ambiente sofisticato, egocentrica e vanitosa, non amava particolarmente il sud col suo clima torrido e, secondo lei, la sua arretratezza culturale. Non era più andato a trovare i suoi genitori al sud.

Valle d'Aosta - Paesaggio montano

Da parte sua invece il padre era corso subito ad abbracciare il nipote nascituro che portava il suo nome. Per anni continua ad andare a trovare il nipote divenuto grandicello che si era affezionato al nonno e alla terra di Calabria; si recava ad Aosta ogni qualvolta esprimeva la volontà di andare a passare da lui le vacanze e questo fin quando è autonomo per poter viaggiare da solo.

Bertu ormai adulto, con i suoi studi va avanti con profitto. Presto conosce una collega di studi di nazionalità tedesca, figli di due facoltosi intellettuali, con la quale instaura subito una grande amicizia che presto sboccia in passione e in seguito in amore. Bertu, a differenza del padre, insieme all'amica tedesca di nome Benn, anche da grande continua a recarsi dal nonno ancora giovane e pimpante.

Bova - Centro culturale della Bovesia

Tutte le estati andava a trascorrere le vacanze al mare e ad abbronzarsi sotto il caldo sole della sua terra. Sia Bertu che la sua amica Benn si affezionano moltissimo non solo al nonno ma anche al bisnonno Filippo (primogenito du mericanu) che, anche se novantenne, si mantiene giovane e pimpante pure lui. A parte i nonni, si affezionano alla terra di Calabria , alla sua gente, ai suoi cibi, alla sua cultura, alle montagne.

I due, in modo particolare Benn, hanno una forte coscienza ecologica ed ambientale ed amano le cose e le persone semplici e genuine.

Non si stancano mai di dialogare con la gente del luogo in modo particolare col proprio nonno. La sera trascorrono ore ed ore dal bisnonno Filippo (u mericaneddhu) che, malgrado mancasse solo qualche anno per raggiungere il traguardo di un secolo di vita, si mantiene come un peperoncino piccante e con la mente lucida. Un giorno gli dicono:

"Nonno raccontami un po' della storia di Calabria, della tua e di quella dei tuoi antenati "
U mericaneddhu, seduto su una grossa pietra, all'ombra di di un albero d'ulivo, prima china la testa verso terra come se riflettesse su come incominciare, poi si drizza e poggia le spalle nel grosso tronco di ulivo e incomincia:

Gallicianò - Borgo dove si parla ancora l'antico idioma di Omero

"Vidi, a li tempi di me patri non era accussi. Ora sembra che tutto fila lisciu, ma, nu tempu cca eranu tempi assai duri. Pensa ca me patri quandu aviva diciott'anni, iiva mi zappa sutta patruni di na certa donna Peppina, di quando bbrisciva zina a la buccata di suli. Zzappava, zzappava comu nu mulu quantu mi busca tantu mi poti a malappena la sira mi iinchi la panzunnha,
Nta la casa erano tanti figghi e li so genitori non avivanu mancu l'occhi pe ciangiri e la maggioranza di li so soru eranu serviceddhi. Come ti diciva prima, me patri mi cuntava tutta la storia, diciva chera nu giuvanottu, a parti chera sverticeddhu, ndaviva na grandi vogghia mi lavura e no sopportava cchiu mi faci nnha vita di cani. Ora avi cchiu di nu secolu chi dicidiu mi si 'ndivai and'America in cerca di furtuna.
Si ndi tornau dopu 25 anni, eu ndaviva all'incirca deci anni. Lu so ntentu era chiddhu mi faci tanti sordi mi ci bastanu mi compra nu fundu quantu non mi vai mi zappa cchiu sutta

patruni. Quandu rrivau cca cu tanti dollari chi pe li tempi chi parramu era nu mezzu riccu. Fu propriu furtunatu, vinnhi ndi nu periudu chi si trovavanu proprietà a pochi sordi, puro donna Peppina vindiva. Pprofittau e si cumprau propriu chiddha terra. All'epuca era una di li cchiu belli proprietà di la zona, pensa ca partiva di cca e rrivava sinu a ddha fhiumara chi si vidi di luntanu, di ccavia rrivava nzina ddha undi si vidi, compresu tuttu nnhu livaritu, di cca pe supra compresi ddhi mmendulari e ddha muntagna chi si vidi e cca pe ssutta tutta sta chianura nzina di luu mari.
A mia mi toccau stu pezzu, tuttu lu restu nci lu dessi all'autri figghi. Me nonnu u patri (du mericanu) chi si chiamava Filippu comu a mia. Cu non sapiva mi leggi non aviva autri modi mi sapi chi succediu ndi stu mundu. Puru iddhu accusi comu fazzu eu cu vvui: mi cuntava la storia cchiu vecchia di sta terra. Di li paisi grecanici rroccati supra li muntagni dill'Asprumunti, dill'anticu idioma Grecanicu chi resistiva e veniva parratu trali so genti".
Poi continua a raccontarci della sua vita:
"Eu nascia nda Merica, ndaviva sulu decianni quandu me patri dicidiu mi si ndi torna cu tutta la famigghia a Pirigaglia e mi resta pe sempri a la so terra. Prima mi partu pe la guerra mi maritai cu to nonna Sabella. Quandu partia pa guerra Bertu ndaviva du anni, so soru Teresineddha nasciu dopu pochi misi chi partia, l'autri tri figghi nasciru quandu tornai da la guerra. Mi ndi ia a Milanu mi pozzu manteniri a li studi a to nonnu e to prozia Teresa, mi capovolgimu la condizuni sociali di la noscia razza".
Il nonno continuava il suo racconto:
"Dopu decianni chi to nonnu e so soru si diplomaru, iddha trovau subitu lavuro nda la scola comu maestra, to nonnu faciva carchi cosiceddha chi non ci bastava mancu pe li sicaretti e ndaviva a bussari sempri di mia mi nci dugnu

carchi lira. Dicidiu mi sindivai a lu nord'Italia, si maritau cu to nonna Lucia chi eranu zzitiati cheranu figgholi e si sistemaru a Milanu e ddha ebberu li ddhu figghi, a to patri lu nchiamaru Filippu comu a mia e a Peppineddhu chi lu chiamaru comu lu patri di to nonna Lucia. A to patri lu studiau e lu fici medicu e sindiiu tantu bbruschiatu e nnasiatu di li mali lingui, chi non vosi sapiri cchiu pe mi torna a lu paisi mancu pe li vacanzi. di tandu no li vitti cchiù, a to mamma Vanessa non sacciu mancu com' è fatta. To nonnu li vidiva sulu quandu veniva ad'Aosta pe mi li trova. Ntantu tu venisti a lu mundu e criscisti e ora, si campu, nu iornu mi cunti tu la to storia".

IN AMERICA

Bertu e Benn ascoltano la storia che il bisnonno (u merica-neddhu) racconta senza perdere neanche una parola, ne escono entusiasti e rivolgendosi al nonno Bertu dicono: "Nonno adesso che abbiamo finito gli studi siamo intenzionati ad emigrare in America, dal momento che qui da noi il lavoro non si trova, né a Milano né in Germania; se vogliamo realizzarci dobbiamo partire come stanno facendo già altri nostri colleghi, chi per l'America, chi per l'Australia e chi per l'Inghilterra. Ti promettiamo che nel tempo, quando potremo, ritorneremo e sperando di fare fortuna, vogliamo piano piano comprarci tutte le terre che un giorno furono di tuo nonno e che quasi tutti i tuoi parenti hanno lasciato nell'abbandono, come succederà per la terra di tuo padre quando lui fra qualche anno non c'è la farà più a seguirla. L'intenzione è di riportarla al vecchio splendore come ci teneva a suo tempo tuo nonno.

Aereo Alitalia

Siamo entrati nel terzo millennio. A Bertu e Benn con la laurea in informatica e con la conoscenza della lingua inglese, tutto il mondo è davanti a loro. Come il loro trisnonno dopo poco più di un secolo intraprendono l'avventura in America. Siamo quasi alla fine del primo decennio del ventunesimo secolo, l'America dopo l'attacco terroristico alle torre gemelle è entrata in una crisi che si aggravava continuamente. Malgrado questo, non si

arrendono e presto in Italia sono assunti da una grossa ditta americana ed inviati a recarsi a Detroit.
Non è più come nel diciottesimo secolo o all'inizio del diciannovesimo quando i contadini partivano con una bisaccia piena di misere cose e dovevano navigare per un mese su una nave con un biglietto di terza classe per poter raggiungere l'America e subire umiliazioni di ogni sorta. Adesso in giacca e cravatta, con una valigetta ventiquattr'ore in mano, con meno di dieci ore di volo ti trovi in America.
Anche dal punto di vista dell'accoglienza non è come quando era arrivato il trisnonno che era guardato con disprezzo. In un secolo e mezzo gli emigrati italiani avevano contribuito enormemente a fare grande l'America e spesso riuscivano ad occupare posti di potere e direzionali di elevata importanza.

Stati Uniti d'America - Stato del Michigan - Detroit

Arrivati a Detroit non hanno problemi: la ditta stessa provvede alla loro sistemazione in comodi appartamenti. Non fanno fatica ad inserirsi e in breve tempo incominciano a primeggiare, tanto che dopo aver acquisito una certa esperienza, possono lavorare per via telematica da qualsiasi parte del mondo e recarsi in sede solo quando ci sono dei corsi di aggiornamento o delle riunioni importanti.
Passa un intero anno prima che decidano di venire in Italia. Subito pensano di sistemarsi per bene con la casa, si ambientano e girano tutta l'America, quando si sentono padroni

dell'ambiente decidono di venire a trovare i genitori ad Aosta.
Quando arrivano in Italia Benn è al settimo mese di gravidanza e prima che il figlio nasca pensano di sposarsi, anche perché non volevano andare in Calabria senza aver sistemato col matrimonio la loro nuova situazione di genitori. Legalizzano la loro posizione e quella del nascituro per rispetto alla cultura del Sud e per non offendere la suscettibilità del nonno.
Dopo qualche mese dal matrimonio nasce una creatura, una femminuccia; Bertu e Benn, di comune accordo, la chiamano Lucia, come la nonna. Non tanto per la tradizione del marito ma perché a lei piaceva il nome.
Dopo qualche mese dalla nascita della piccola Lucia, decidono di andare a trovare il nonno. Benn, a differenza della suocera Vanessa, è entusiasta di vivere in questo Sud. Lo ritiene estremamente fantastico e meraviglioso, ama tutto della Calabria, la sua gente, i suoi gustosi e genuini cibi, le montagne, lo splendido mare, la campagna, la cultura, il folclore con la tarantella e i suoni di organetto, tambureddhu e cerameddha. Restano in Calabria parecchi mesi, poi fanno ritorno ad Aosta e da lì, dopo una settimana, il volo verso l'America. E' dura per nonno Bertu quando i due decidono di partire.

Tarantella calabrese con organettu, cerameddha e tambureddhu

La loro assenza di quasi un anno non influisce per niente sul loro lavoro. Benn a causa della sua gravidanza gode delle licenze speciali ben retribuite. Bertu con l'avanzata della tecnologia porta avanti con il computer la sua attività lavorativa.

IL RITORNO IN CALABRIA

Per parecchi anni, anche a causa della piccola Lucia, Bertu e Benn non vanno più in Italia. Bertu faceva una riflessione sulla sua presenza in America e rievocando i racconti del nonno, si rendeva conto che era passato un secolo da quando il suo trisnonno, in realtà diverse, con bisogni diversi e con professionalità diverse, era emigrato in America.

Rievocando si rende conto che un denominatore comune li accomunava: "migliorare le proprie condizioni di vita e realizzare le proprie aspirazioni". Il loro trisnonno aveva realizzato i suoi sogni; era partito per l'America e dopo circa vent'anni aveva girato le spalle ai dollari e si era comprato quelle terre di Donna Peppina dove da giovanissimo aveva zappato come uno schiavetto. Libero e felice senza patroni, aveva ripreso la sua vecchia zappa. Bertu e Benn di dollari ne avevano fatto tanti.

Tutti e due riuscivano a portare a casa più di 30.000 dollari al mese. Anche se riuscivano a soddisfare tutti i bisogni e i capricci superflui, si rendevano conto che interiormente non li appagava. Il loro stato d'animo era sempre pesante.

La vita a Detroit non era facile, si rendeva stressante, in una continua corsa contro il tempo, il caos di una città altamente industrializzata, la continua violenza che caratterizza tutte le metropoli americane. In quasi vent'anni avevano accumula-

to una fortuna e a questo si aggiungeva che le loro famiglie erano benestanti, ma benestanti alla grande e non avevano altri figli che loro, quindi potevano decidere di realizzare qualsiasi progetto.
Decidono di tornare in Italia per una lunga vacanza ristoratrice. Prendono il volo per Milano dove Filippo e Vanessa li attendevano e insieme a loro vanno ad Aosta. Restano due settimane, si organizzano, comprano una comoda jeep Toyota e partono verso la Calabria. Trovano il nonno, pimpante come un giovanottino. Se vogliamo, Bertu, anche se era da poco andato in pensione, in realtà non aveva neanche settant'anni. Pensando che suo padre era ancora in vita, suo nonno era vissuto più di cento anni, poteva ben dirlo di essere un giovanottino dal momento che godeva di ottima salute. Purtroppo il bisnonno Filippo u Mericaneddhu, ormai alla venerabile età di centosette anni, dopo un po' di mesi dal loro arrivo, muore per vecchiaia e va a raggiungere u mericanu all'altro mondo.

I dollari ci sono, incaricano il nonno di farsi carico di rintracciare i suoi parenti proprietari dei terreni che un tempo furono du mericanu e ad uno alla volta li comprano, non senza difficoltà, dal momento che tanti parenti erano morti, i terreni contano più eredi e non è facile riunirli per poter fare gli atti notarili. Alcuni che erano emigrati al nord o all'estero, non riuscendo a raggiungerli tutti, mandano delle carte per procura e con quelle carte intanto possono incominciare a mettere in cultura i terreni.

Quando riescono a comprare tutta la vasta proprietà che era stata del trisnonno e anche altre proprietà limitrofe, anch'esse ormai abbandonate da tempo, incominciano a prospettare al nonno, a grandi linee, le loro intenzioni su come mettere in coltura le terre.

Bertu era da cinquant'anni, da quando aveva iniziato a frequentare l'istituto per geometri, che non aveva messo più naso negli affari di campagna. Il nonno non gli permetteva, se andava a zappare, di mettere a repentaglio la posizione sociale che aveva raggiunto con gli studi.

Economicamente stava bene con il suo stipendio, anche oggi, con la pensione da professore, con quella della moglie Lucia di maestra elementare e con i risparmi che aveva accumulato con la libera professione specialmente nel ventennio del boom economico. Giuseppe era capo stazione nelle Ferrovie dello Stato e insieme al fratello Filippo, u dotturi, erano i legittimi proprietari della parte di terreno toccata al proprio genitore.

Apprezzando i progetti ammirabili del nipote Bertu e della moglie Benn, con gioia cedono gratuitamente la propria parte di proprietà.

I TEMPI SONO CAMBIATI

I tempi sono cambiati, non è come ai tempi del trisnonno che tutto si doveva fare con le zappe usate da esperte, forti e callose mani. Tutto questo ormai è entrato nell'antiquariato storico e gli attrezzi del tempo che fu ora sono in mostra nei musei per i potenziali visitatori della storia antica dell'agricoltura e della pastorizia. A Bertu il compito, con altri giovani e valenti laureati in agronomia, di studiare i terreni, le loro qualità e le migliori culture da portare avanti.
Dopo lo studio qualitativo del terreno, passano alla sistemazione della stesso con grosse pale meccaniche, spianando dossi, piccole collinette e riempiendo piccoli avvallamenti ricavano delle ampie terrazze pianeggianti. Ai margini di una fiumara cercano l'acqua tramite un pozzo artesiano e con una pompa idraulica la portano in superficie copiosa e zampillante per la gioia delle aride terre. I progetti continuano con la messa a dimora degli alberi prescelti. Nella realtà in questa terra del sud dello Ionio, unico luogo al mondo, il bergamotto vegeta eccezionalmente con le sue profumate essenze. Da uno studio di mercato, a lunga scadenza, il bergamotto è la più sicura e promettente coltura.

Mezzo per movimento terra

Nelle vaste pianure, vicino ai margini della fiumara, decidono di piantare bergamotto, sicuro investimento dal momento che questo frutto andava assumendo un indiscusso interesse sul mercato mondiale della cosmetica, della farmaceutica

Pianta di bergamotto

e nella gastronomia dolciaria e alimentare in genere. Dove i terreni erano imperfetti e più aridi, passano alle culture di ulivo e mandorlo e, dove è possibile trarre delle terrazze, piante di vite e poi a rotazione con vari ortaggi di stagione. Il tutto in perfetta armonia con l'ambiente e organizzato con un complesso ed efficace impianto a goccia.

La famigliola americana di Bertu, Benn e la piccola Lucia, da un anno si trovava in Calabria e assolutamente doveva rientrare a Detroit, anche perché la crisi che era partita lentamente dopo l'attacco alle torri gemelle, ora si aggravava.

Mandorli in fiore

Bertu aveva preso con passione la fiducia che i nipoti avevano riposto in lui. Ormai i lavori erano partiti alla grande e la zona incominciava a trasformarsi in variegate gradazioni di verde: è uno spettacolo vedere le piante di bergamotto colorate di verde intenso con sfumature di verde pisello allineate a file anche di un chilometro, i vigneti con il loro abbagliante color verde vittoria con sfumature giallo croma, gli uliveti con il loro sobrio color verde scuro, i mandorli con il loro brillante verde mentana, i gialli campi di grano, in lontananza le sfumature di rosso dei papaveri prendono il sopravvento. Le tante e diverse specie

Campo di papaveri

di ortaggi anche loro con le loro diverse forme e colori creano armonia. Tutto è suggestivo, bello, tanta pace, poesia.
Bertu non sa quale spettacolo avrebbe trovato al suo ritorno nella terra dei nonni.
Intanto la crisi in America si aggrava a causa di un virus chiamato corona virus, che, inesorabilmente, incomincia a dilagare non solo in America, ma in tutto il mondo. Bertu, che da tempo fremeva per andare in Italia, fiutando il rischio, prende il primo volo che trova e insieme a Benn e Lucia ormai signorinella, parte per l'Italia. Filippo con Vanessa sono all'aeroporto della Malpensa ad attenderli.
Non fanno in tempo a partire per la Calabria in quanto, per cercare di bloccare il corona virus, il governo italiano decide di attuare un lockdown totale di circa sei settimane. Appena possibile si organizzano e, insieme a loro, Filippo con piacere e Vanessa impaurita, decidono di seguire i figli, considerato che il corona virus si diffonde più velocemente al nord Italia e ancora di più in alcune regioni, tra queste la Valle d'Aosta. La Calabria è una delle regioni dove il corona virus e la sua contagiosità sono più contenuti.
Filippo manca da più di quarant'anni, da quando era partito da Pirigaglia, tanto e niente era cambiato; tante cose in meglio e tante cose in peggio. C'era stato uno sviluppo edilizio disordinato, senza schema, senza progettualità, senza regole, senza poesia. Un'edilizia abitativa dove appare netta, potente, la mostruosità dilagante del cemento. Un tenore di

vita superiore a quella che è la capacità di produzione di ricchezza dell'economia locale.
In quegli anni il Paese aveva vissuto ondate di violenza intestina tale che quelle dei secoli e dei decenni precedenti erano irrisorie. Di positivo c'è che oggi non fa più sensazione che un figlio del popolo diventi medico giacché negli anni ottanta erano cresciuti come funghi. Non solo più diplomati, ma laureati: medici, ingegneri, architetti, professori e tante altre discipline.

Macchina agricola per preparazione campi

Quindi i motivi che avevano spinto Filippo ad andarsene dal paese e non fare più ritorno sono caduti, anzi non si aspettava che la gente di una certa età che lo aveva visto crescere, lo accogliesse con tanto calore ed entusiasmo. Vanessa rimane sorpresa da quella gente che nella propria mente l'aveva costruita come bruta, barbara, ladra, incivile e ignorante. Ora la scopre colta, gentile, umile, con una forte predisposizione all'altruismo. Anche la terra che aveva costruito nella sua mente, le appare si selvaggia, ma calda, secca, poetica, dolce nelle sue colline e nelle sue lussureggianti, aspre e colorate montagne.
Bertu corre commosso ad abbracciare il nipote, la moglie e la figlia, ma ancor più commosso, ad abbracciare insieme a loro, il figlio e la nuora. Anche nonna Lucia corre ad abbracciare il nipote americano con la moglie e la figlia. Piangente ed incredula si butta ad abbracciare il figlio Filippo e la nuo-

ra Vanessa che, a differenza del marito, l'ultima volta l'aveva vista quando era nato il figlio.
Tutti insieme con la loro Toyota vogliono girare in lungo e largo nella proprietà ormai avviata. Oltre la bellezza, il luogo offriva, alla grande, possibilità occupazionali. Infatti oltre i mezzi meccanici con manodopera specializzata, tante braccia locali accanto a decine di nord africani e indiani venivano impiegati per la pulitura dell'erba, per la potatura, pacciamatura e tutti le necessarie colture delle piante. Grande festa a Pirigaglia. Bertu fa macellare due capre, due pecore e un vitello per festeggiare la venuta dei nipoti dell'America tanto attesi, ma sopratutto il ritorno di Filippo dopo circa cinquant'anni da quando, si può dire che era scappato.
L'America in una crisi senza fine con il corona virus che continua ad avanzare mietendo centinaia e centinaia di vittime, metteva in ginocchio migliaia di imprese che si vedono costrette a mettere in cassa integrazione i propri dipendenti o a chiudere definitivamente la propria attività, con il conseguente licenziamento del personale.
Bertu come il trisnonno un secolo prima, non so se per fiuto, istinto, fortuna o per l'amore per quella terra che fu dei suoi antenati, sceglie il momento per trovarsi in Italia alla guida di un'attività bene avviata. Gira le spalle e chiude con l'America che anche se gli aveva dato tante soddisfazioni, non certo gli poteva dare quel benessere spirituale che gli dava la sua terra.

POSTFAZIONE

Tutti dal nonno Bertu a Lucia, vogliono andare fin sopra la montagna e insieme a loro ci volli andare pure io.
Come tutti gli altri, anch'io incominciando a guardare di qua e di là, noto Vanessa commossa che si asciuga qualche lacrima come pentita per quello di male che aveva coltivato dentro di sé nei confronti di quella terra.
Incomincio a spaziare con lo sguardo, in fondo a quella distesa pianura colorata di tante e diverse colture.

I colori, i tanti colori, i verdi, i gialli, gli alberi fioriti e quelli col frutto già maturo.
Lo zampillare dell'acqua del pozzo che irriga i campi. Le bestie che felici pascolano nelle distese verdeggianti.
Gli uomini di diversi colori e razze che lavorano e, come avveniva con le diversità delle piante che coltivano, convivono felici fianco a fianco: Indiani, Africani, Filippini e Italiani.
Tutto era poesia, armonia, amore, pace.
Questa è la Calabria che ho sempre avuto dentro il cuore.

È FANTASIA O REALTÀ

E se diventasse realtà e non restasse fantasia, cosa avrebbe da invidiare all'America?

Questo racconto è stato pubblicato

dall'autore a puntate su Facebook

dal 24 novembre 2022

al 3 febbraio 2023

Printed in Great Britain
by Amazon